En attendant Godot

FichesdeLecture.com

En attendant Godot
(Fiche de lecture)

I. INTRODUCTION

Créée et publiée en 1953, cette pièce de théâtre en deux actes de Samuel Beckett a été jouée sur de nombreuses scènes à travers le monde. Passionnément applaudie comme dénigrée, elle a rendu son auteur célèbre. Roger Blin, qui fut le premier à monter cette pièce, a déclaré à son propos : « *Le spectacle a eu une centaine de représentations, puis la pièce a été reprise plusieurs fois à Paris, j'ai présenté Godot à Zurich, en Hollande, en Allemagne. Le public, les gens simples, surtout, en Allemagne, étaient bouleversés. Pour comprendre et ressentir Beckett, on ne doit jamais avoir de préjugés à la base : le rationalisme ou la politique empêchent de communiquer avec cette œuvre.* "

II. RÉSUMÉ DE LA PIÈCE

L'action se déroule le soir sur une route de campagne isolée, sans aucune indication de lieu ou d'époque. Le seul élément de décor est un arbre dénudé dont la forme rappelle un homme pendu par les pieds. Deux clochards, Vladimir et Estragon, attendent un mystérieux « Godot », qu'ils n'ont jamais rencontré, et sans trop savoir réellement pourquoi ils l'attendent. Un seul élément les retient : il leur a fait la promesse de venir. L'espoir d'un changement ouvre la pièce.

Acte I

Alors qu'Estragon est obnubilé par une chaussure trop étroite, Vladimir lui enchaîne des réflexions sur la repentance, le suicide, la culpabilité. Toujours dans l'attente de Godot, et après avoir exprimé leurs inquiétudes sur sa venue, ils entament une discussion pour tuer le temps, combler ce vide et ce silence par la parole. Dispute, réconciliation : leurs échanges sont alors interrompus par l'arrivée de deux personnages, Pozzo et Lucky. Ce dernier est tenu en laisse par le premier, comme s'il était son esclave. D'ailleurs, Pozzo ordonne à Lucky de danser et d'exprimer ses pensées à voix haute afin de distraire les deux vagabonds. Lucky s'exécute dans une tirade devenue célèbre, sans ponctuation, incompréhensible. Puis les deux personnages quittent la scène, les laissant seuls à nouveau.

Un jeune garçon apparaît alors et leur annonce que Godot ne viendra pas le soir même, mais peut-être le lendemain.

Acte II

L'acte second diffère peu du premier. En effet l'action reprend le lendemain au même endroit et se compose de mêmes discours dénués de sens, d'interrogations. Certains changements sont perceptibles, cependant. L'arbre a cette fois quelques feuilles. Vladimir et Estragon imitent Pozzo et Lucky, les personnages rencontrés la veille. C'est alors que ces deux derniers refont leur entrée. Cette fois, Pozzo est aveugle et Lucky muet. Un évènement étrange se produit : le garçon messager de la veille leur rend visite et informe les protagonistes que Godot, une fois de plus, ne se présentera pas le jour même. Les vagabonds songent alors à se pendre, mais la ceinture d'Estragon est trop fragile pour qu'ils puissent mettre leur plan à exécution.

Cet acte se clôt, et avec lui la pièce, sur des dernières répliques similaires à celles du premier acte. Vladimir s'interroge : « Alors, on y va ? » ce à quoi répond Estragon : « Allons-y ! » Mais le dramaturge précise dans une didascalie qu'ils « ne bougent pas ».

III. ANALYSE DES PERSONNAGES

Godot

C'est le grand absent de la pièce, qui porte son nom. Les vagabonds parlent de lui sans discontinuer et l'attendent en vain, puisqu'il n'apparaît jamais. On sait peu de choses sur lui, à part le fait qu'il a une barbe blanche et qu'il bat le frère du garçon, ce qui laisse supposer qu'il est brutal.

Godot, en quelque sorte, représente ce que chacun attend et qui ne vient jamais. Il est l'espoir d'un changement d'un quotidien aliénant. Samuel Beckett disait lui-même de son personnage qu'il ne savait pas qui il était. Malgré tout, Godot conserve son caractère de solution miracle, de dernier espoir pour les vagabonds ; faute de mieux, il est en tout cas celui qui pourrait mettre fin à leur situation.

Son nom a inspiré de nombreux débats. On peut souligner quelques significations : God signifie Dieu en anglais (avec toujours cette idée de sauveur) ; un godillot désigne une chaussure (la même peut-être qui fait tant souffrir Estragon). Enfin, Goder en italien signifie jouir.

Vladimir

Ce personnage est optimiste et patient. C'est pour cela d'ailleurs qu'il s'obstine plus qu'Estragon à attendre. Plus cultivé aussi, il a lu la Bible, oeuvre à laquelle il fait quelques allusions. De ce duo improbable de vagabonds, il apparait comme la « tête pensante ».

Estragon

Bien plus impulsif que Vladimir, Estragon incarne un pessimisme propre à de nombreux personnages de Beckett. Ses sautes d'humeur le conduisent souvent à évoquer des possibilités de suicide et à oublier de nombreuses choses. Comparé à Vladimir qui incarne la « tête », Estragon correspondrait plutôt au « corps » du duo, tant il est sujet à des pulsions quasi animales à certains moments de la pièce.

Pozzo

Pozzo est un personnage vaniteux qui évolue beaucoup entre les deux actes. Tout d'abord son état physique se dégrade d'un acte à l'autre. Ainsi il se réveille aveugle et perd son nom. Ensuite, alors que l'acte I le présentait comme le maître incontesté de Lucky, son esclave, ils forment dans le second acte un couple totalement interdépendant. Le choix par Beckett du prénom Pozzo est très intéressant ; il signifie « puits » en italien, ce qui pourrait définir le personnage comme une incarnation de la bassesse de l'humanité.

Lucky

Il est l'esclave de Pozzo. En apparence soumis et constamment insulté par « son maître », il semble au premier abord incapable de penser par lui-même. Mais lorsque Pozzo lui ordonne de penser à voix haute, il semble soudain, à travers son flot de paroles incohérentes, tenter de se vider de tout ce qui l'habite. Lucky signifie « Chanceux » en anglais ; ce paradoxe rappelle l'absurdité de la pièce.

Le jeune garçon

Ce jeune messager de Godot apparaît uniquement comme un personnage soumis.

IV. « EN ATTENDANT GODOT » : LE THÉÂTRE DE L'ABSURDE

Beckett fait partie du groupe de dramaturges de ce qu'on appelle « **le théâtre de l'absurde** » (Sartre, Ionesco, Camus, Genet...) . En latin, « absurdus » qualifie ce qui est dissonant, discordant, contraire aux lois de la logique et à ce qui devrait être. C'est un théâtre très marqué par son époque. Après la Seconde Guerre mondiale, les mentalités changent. Croyances religieuses et questionnements sur l'évolution du monde dans lequel les gens vivent sont en permanente évolution. Ce type de théâtre correspond bien à ces interrogations, en une époque d'après-guerre où le maître mot est la remise en question.

Pour des raisons similaires, le théâtre de l'absurde est un **théâtre de liberté,** à travers lequel les dramaturges comme Samuel Beckett tentent de mettre en scène l'absurdité de la condition humaine et l'effacement de la croyance religieuse (refus de la transcendance). D'ailleurs on peut rappeler le fait que Godot, dont le nom rappelle, comme nous l'avons vu, God (donc Dieu), est celui qui n'apparaît jamais. Cependant, Beckett a toujours refusé cette interprétation et les polémiques à ce sujet ont fait couler beaucoup d'encre.

Ce qui est certain en revanche, c'est la présence de l'**attente** (vaine), d'une liberté négative finalement, d'un vide de la vie des personnages.

En conséquence, la pièce est entièrement tournée vers le langage, le mot, le « Verbe » comme ont pu l'écrire certains critiques, qui vient combler l'absence quasi totale d'action.

Plusieurs thèmes jalonnent la pièce : c'est avec ces éléments en tête que nous pouvons maintenant les présenter.

L'absurde : Aucun des deux actes ne permet de trouver une raison d'être aux personnages. C'est bel et bien cette absence de sens qui fait la force de la pièce. Cette perte de sens se ressent aussi dans la manière de concevoir le **temps.** Celui-ci est déréglé ; parfois il passe à une vitesse fulgurante, d'autre fois il est tout simplement figé. Ainsi la mémoire de la veille, dans le second acte, est-elle quasiment effacée de la mémoire des personnages, à l'exception de Vladimir. D'autres éléments paraissent improbables, telles les feuilles de l'arbre ayant poussé en une journée, ou les nouveaux handicaps de Pozzo (aveuglé) et Lucky (qui a perdu la parole).

Autre élément de l'absurde, plus philosophique cette fois, celui d'hommes qui, à l'image des personnages de la pièce, ne vivent jamais dans le présent mais en projection constante dans l'avenir, donc dans l'attente. Lucky martèle d'ailleurs « n'anticipons pas ».

Le thème du double : les protagonistes fonctionnent en duos, qu'il s'agisse de Vladimir et Estragon ou de Pozzo et Lucky. De même, bien qu'il n'apparaisse pas, Godot est lié au jeune garçon messager. Ce thème est doublé d'une dialectique maître/valet et des rapports de domination qu'elle engendre, notamment à travers le « couple » de Pozzo et Lucky. Cependant, les rapports de force ne sont pas figés. Par exemple, le maître qui refusait de regarder est frappé de cécité dans le second acte, tandis que l'esclave qui se refusait à protester ne peut désormais plus parler.

On constate de plus que l'amitié entre en compte dans la pièce, à travers celle qui unit les deux vagabonds, jusqu'à leur volonté commune de se suicider ensemble (et malgré le fait, également, qu'ils n'y parviennent pas).

Le thème du corps est présent dans toute l'œuvre de Beckett, dans ses romans comme dans *En attendant Godot.* Le corps est bien souvent un objet de souffrances (comme le pied de Pozzo), mais il est aussi un instrument, un objet théâtral que l'on va mettre en scène.

Les limites de la pensée sont un questionnement propre au théâtre de l'absurde de l'après-guerre. Ainsi peut-on en arriver à la conclusion, avec Beckett, que l'humanité se trouve coincée dans un cercle vicieux qui pourrait se résumer ainsi : plus l'on pense, plus il nous faut penser. Plus nous savons, plus nous savons que nous ne savons pas. Et au final, la situation n'évolue plus durant tout ce temps de réflexion.

Mettre ces thèmes en perspective avec l'histoire théâtrale souligne bien l'importance de **ce qu'a apporté Samuel Beckett à la littérature.**

On a ainsi pu évoquer une « **crise du personnage** ». Comment concevoir, en effet, un personnage qui ne fait rien ? Jusqu'ici le personnage de théâtre se définissait par ses actes. Mais si plus rien ne se passe, si ce dernier n'agit plus, n'a plus rien à faire, comment le définir désormais ? Robbe-Grillet écrivait que les personnages « se contentent d'être là ». Ici, on constate que l'attente des protagonistes redéfinit la manière d'envisager ce qu'on appelle « l'espace-temps dramatique ».

Beckett et le langage : En relation avec ses réflexions sur l'humanité, la mort, l'errance, l'absence de communication, la déchéance et le poids du quotidien, le dramaturge a cherché à travers sa pièce (mais pas seulement) à atteindre un dépouillement du langage, à la hauteur de la condition humaine. Même si parfois des traces d'espoir et de souvenir(s) subsistent.

L'analyse des conversations des personnages d'*En attendant Godot* est très révélatrice de la manière de faire de Samuel Beckett. Les paroles échangées entre Vladimir et Estragon, par exemple, n'ont bien souvent aucun sens. Ils ne donnent pas l'impression de converser pour construire et transmettre des idées, des pensées, mais uniquement pour combler un vide et exister. Cet ensemble de paroles qui n'ont ni queue ni tête leur procure une existence qu'ils ne trouvent pas dans leur vie (amis, familles, travail). Il en va de même avec le concept même de leur attente. Le monologue de Lucky est également très intéressant dans cette perspective ; on devrait presque parler d'un alignement de mots dépourvus de sens. Parfois l'auteur introduit une rupture en y insérant des mots décalés par rapport au contexte : mots savants, obscènes ou simplement argotiques. À ce moment précis, le silence redevient important, car les mots eux-mêmes ont perdu leur pouvoir de communication avec leur sens. Malgré tout, même lorsque ses personnages ont tout perdu (ou jamais rien gagné), la « Parole » reste leur ultime existence, un dernier témoignage de présence humaine. Si les personnages de la pièce s'arrêtaient de parler, alors il n'y aurait définitivement plus rien. C'est cette lutte contre le néant qui forge la base de la pièce et de son langage, et non la communication.

Malgré tous les éléments d'analyse, force est de constater que la pièce *En attendant Godot* reste un **grand mystère,** y compris pour son auteur. Ainsi, en 1952, dans sa *Lettre à Michel Polac,* Samuel Beckett écrit-il :

« Je ne sais pas plus sur cette pièce que celui qui arrive à la lire avec attention. Je ne sais pas dans quel esprit je l'ai écrite. Je ne sais pas plus sur les personnages que ce qu'ils disent, ce qu'ils font, ce qui leur arrive. De leur aspect j'ai dû indiquer le peu que j'ai pu entrevoir. Les chapeaux melon par exemple. Je ne sais pas qui est Godot. Je ne sais même pas, surtout pas, s'il existe. Et je ne sais pas s'ils y croient ou non, les deux qui l'attendent. (...). Quant à vouloir trouver à tout cela un sens plus large et plus élevé, je suis incapable d'en voir l'intérêt. »

Dans la même collection en numérique

Les Misérables
Le messager d'Athènes
Candide
L'Etranger
Rhinocéros
Antigone
Le père Goriot
La Peste
Balzac et la petite tailleuse chinoise
Le Roi Arthur
L'Avare
Pierre et Jean
L'Homme qui a séduit le soleil
Alcools
L'Affaire Caïus
La gloire de mon père
L'Ordinatueur
Le médecin malgré lui
La rivière à l'envers - Tomek
Le Journal d'Anne Frank
Le monde perdu
Le royaume de Kensuké
Un Sac De Billes
Baby-sitter blues
Le fantôme de maître Guillemin
Trois contes
Kamo, l'agence Babel
Le Garçon en pyjama rayé
Les Contemplations

Escadrille 80

Inconnu à cette adresse

La controverse de Valladolid

Les Vilains petits canards

Une partie de campagne

Cahier d'un retour au pays natal

Dora Bruder

L'Enfant et la rivière

Moderato Cantabile

Alice au pays des merveilles

Le faucon déniché

Une vie

Chronique des Indiens Guayaki

Je voudrais que quelqu'un m'attende quelque part

La nuit de Valognes

Œdipe

Disparition Programmée

Education européenne

L'auberge rouge

L'Illiade

Le voyage de Monsieur Perrichon

Lucrèce Borgia

Paul et Virginie

Ursule Mirouët

Discours sur les fondements de l'inégalité

L'adversaire

La petite Fadette

La prochaine fois

Le blé en herbe

Le Mystère de la Chambre Jaune

Les Hauts des Hurlevent

Les perses

Mondo et autres histoires

Vingt mille lieues sous les mers

99 francs

Arria Marcella

Chante Luna

Emile, ou de l'éducation
Histoires extraordinaires
L'homme invisible
La bibliothécaire
La cicatrice
La croix des pauvres
La fille du capitaine
Le Crime de l'Orient-Express
Le Faucon malté
Le hussard sur le toit
Le Livre dont vous êtes la victime
Les cinq écus de Bretagne
No pasarán, le jeu
Quand j'avais cinq ans je m'ai tué
Si tu veux être mon amie
Tristan et Iseult
Une bouteille dans la mer de Gaza
Cent ans de solitude
Contes à l'envers
Contes et nouvelles en vers
Dalva
Jean de Florette
L'homme qui voulait être heureux
L'île mystérieuse
La Dame aux camélias
La petite sirène
La planète des singes
La Religieuse
1984 A l'Ouest rien de nouveau
Aliocha
Andromaque
Au bonheur des dames
Bel ami
Bérénice
Caligula
Cannibale
Carmen

Chronique d'une mort annoncée

Contes des frères Grimm

Cyrano de Bergerac

Des souris et des hommes

Deux ans de vacances

Dom Juan

Electre

En attendant Godot

Enfance

Eugénie Grandet

Fahrenheit 451

Fin de partie

Frankenstein

Gargantua

Germinal

Hamlet

Horace

Huis Clos

Jacques le fataliste

Jane Eyre

Knock

L'homme qui rit

La Bête humaine

La Cantatrice Chauve

La chartreuse de Parme

La cousine Bette

La Curée

La Farce de Maitre Pathelin

La ferme des animaux

La guerre de Troie n'aura pas lieu

La leçon

La Machine Infernale

La métamorphose

La mort du roi Tsongor

La nuit des temps

La nuit du renard

La Parure

La peau de chagrin
La Petite Fille de Monsieur Linh
La Photo qui tue
La Plage d'Ostende
La princesse de Clèves
La promesse de l'aube
La Vénus d'Ille
La vie devant soi
L'alchimiste
L'Amant
L'Ami retrouvé
L'appel de la forêt
L'assassin habite au 21
L'assommoir
L'attentat
L'attrape-coeurs
Le Bal
Le Barbier de Séville
Le Bourgeois Gentilhomme
Le Capitaine Fracasse
Le chat noir
Le chien des Baskerville
Le Cid
Le Colonel Chabert
Le Comte de Monte-Cristo
Le dernier jour d'un condamné
Le diable au corps
Le Grand Meaulnes
Le Grand Troupeau
Le Horla
Le jeu de l'amour et du hasard
Le Joueur d'échecs
Le Lion
Le liseur
Le malade imaginaire
Le Mariage de Figaro
Le meilleur des mondes

Le Monde comme il va

Le Parfum

Le Passeur

Le Petit Prince

Le pianiste

Le Prince

Le Roman de la momie

Le Roman de Renart

Le Rouge et le Noir

Le Soleil des Scortas

Le Tartuffe

Le vieux qui lisait des romans d'amour

L'Ecole des Femmes

L'Ecume Des Jours

Les Bonnes

Les Caprices de Marianne

Les cerfs-volants de Kaboul

Les contes de la Bécasse

Les dix petits nègres

Les femmes savantes

Les fourberies de Scapin

Les Justes

Les Lettres Persanes

Les liaisons dangereuses

Les Métamorphoses

Les Mouches

Les Trois mousquetaires

L'étrange cas du Dr Jekyll et de Mr Hyde

L'Ile Au Trésor

L'île des esclaves

L'illusion comique

L'Ingénu

L'Odyssée

L'Ombre du vent

Lorenzaccio

Madame Bovary

Manon Lescaut

Micromégas
Mon ami Frédéric
Mon bel oranger
Nana
Ne tirez pas sur l'oiseau moqueur
Notre-Dame de Paris
Oliver twist
On ne badine pas avec l'amour
Oscar et la dame rose
Pantagruel
Le Misanthrope
Perceval ou le conte du Graal
Phèdre
Ravage
Roméo et Juliette
Ruy Blas
Sa Majesté des Mouches
Si c'est un homme
Stupeur et tremblements
Supplément au voyage de Bougainville
Tanguy
Thérèse Desqueyroux
Thérèse Raquin
Ubu Roi
Un Barrage contre le Pacifique
Un long dimanche de fiançailles
Un secret
Vendredi ou la vie sauvage
Vipère au poing
Voyage au bout de la nuit
Voyage au centre de la terre
Yvain ou le Chevalier au lion
Zadig

À propos de la collection

La série FichesdeLecture.com offre des contenus éducatifs aux étudiants et aux professeurs tels que : des résumés, des analyses littéraires, des questionnaires et des commentaires sur la littérature moderne et classique. Nos documents sont prévus comme des compléments à la lecture des oeuvres originales et aide les étudiants à comprendre la littérature.

Fondé en 2001, notre site FichesdeLectures.com s'est développé très rapidement et propose désormais plus de 2500 documents directement téléchargeables en ligne, devenant ainsi le premier site d'analyses littéraires en ligne de langue française.

FichesdeLecture est partenaire du Ministère de l'Education du Luxembourg depuis 2009.

Plus d'informations sur www.fichesdelecture.com

ISBN: 978-2-511-02832-2

Notes :